ENGEL ZU PFERD

thelwell **CARTOONS**

Jeder Band mit ca. 150 Zeichnungen

AUFSITZEN
Thelwells vollständige Reitlehre

REIT-AKADEMIE
Thelwells Reitlehre 2. Teil

REITEREIEN

PENELOPE
Das Ponymädchen

ENGEL ZU PFERD
und anderswo

WESTERN-REITER

PONY GEBURTSTAGSBUCH

REIT-FRIESE

WIE MAN PONYS ZEICHNET
Alle Tricks und Feinheiten

HERR IM HAUS
Thelwells vollständiges Hunde-Kompendium

HINTER'M GARTENZAUN
Thelwells kleine Gartenfibel

VON VOLLEN SEGELN UND SEGLERN
Thelwells Segelschule

FÜR DIE KATZ

VOLLSTÄNDIGE ANGLER(L)EHRE
Eine bildreiche Abhandlung über die Angler
und die Angelei

DIE LIEBEN KLEINEN

HELMUT BUSKE VERLAG
HAMBURG

Originaltitel: ANGELS ON HORSEBACK AND ELSEWHERE
Eyre Methuen, London 1957 – ISBN 0-413-31100-7
© Norman Thelwell

Aus dem Englischen übertragen von Karl-Heinz Mulagk
Schrift: Monika N. Knittel

4. Auflage 2000
© für die deutsche Ausgabe Helmut Buske Verlag, Hamburg 1977
ISBN 3-87118-249-4
Gesamtherstellung: Druckhaus „Thomas Müntzer", Bad Langensalza

FÜR
DAVID & PENNY

ERSTVERÖFFENTLICHUNG DER MEISTEN BILDER IM PUNCH. DIESE WIEDERGABE
GESCHIEHT MIT FREUNDLICHER GENEHMIGUNG DER EIGNER.

· INHALT ·

"FALLEN IST NÄMLICH WICHTIG"

VORWORT

Es gab ein Lied »Verrückt nach Pferden«. Die waren nicht von der Thelwellschen Art, sondern von jener, die auf geschorenem grünen Turf für wenige, auf den hinteren Seiten der Abendblätter für viele — und für ihn nirgends existieren. Die kennt er nicht. Seine Pferde haben nie den Grandstand unter Fernglasgeklirr von den Stühlen gerissen. Geist wird über sie nicht verspritzt. Doch es sind die Pferde, die Pferdekenner kennen.

Ich kenne Pferde nicht. Doch sind sie mir durch diese Zeichnungen näher gebracht worden als auf irgend eine andere Weise. In meiner Sicht haben sie beide — Pferde und Pferdekenner — humanisiert — und wenn jemand glaubt, es gebe so etwas wie menschliche Pferde nicht, der möge auf dem nächstbesten Jagdball seine Ohren spitzen. Als lebenslanger Nichtreiter habe ich manches liebe Mal unter Minderwertigkeitsgefühlen gelitten, denn einer zu Pferd hat etwas unheimlich Überwältigendes an sich. Selbst ein heimkehrender Arbeiter, der auf dem Feldweg an mir vorbeihufklappert — Damensitz und ohne Sattel (wenn das möglich ist) — weckt die Versuchung in mir, die Hand an die Stirn zu winkeln und überrascht mich, weil er mir damit zuvorkommt.

Zweifelsohne hat das etwas mit der Größe zu tun. Der Reiter kann nicht umhin, auf den Rest der Welt herunterzusehen, und leicht kommt einem die Vorstellung, daß er sowohl an seiner eignen Nase vorbei wie der des Pferdes herunterblickt. Endlich jedoch weiß ich, daß dem nicht so ist. Thelwell hat mich überzeugt, und ich kann ihm gar nicht genug dafür danken, daß der Pferdemensch möglicherweise sogar weniger Selbstsicherheit besitzt als ich selbst. Sogar jene rotbraunen Klumpen auf Pferderücken, die näherkommend, sich als kleine Kinder in winzigen Samtkappen und untadligen Reithosen herausstellen, aus welchen sie in jeder Sekunde buchstäblich herauswachsen müssen, selbst sie haben jetzt nichts Furchtbares mehr für mich an sich. Sie offenbaren sich als zitternde Bündel entblößter Nervenenden, der Möglichkeit anheimgegeben, jederzeit wie ein Stein vom Katapult durch eine Schwarzdornhecke gefeuert zu werden. Das ist tröstlich für mich. Hinfürder werde ich, statt dem Blick mittelalterlicher Damen mit Bowler und Hakennasen, die um unübersichtliche Ecken Sussexischer Nebenstraßen auf mich zugalloppieren, auszuweichen, sie festen Blickes beobachten, bis sie entschwunden. Thelwell könnte ja ein Mißgeschick für sie parat haben.

PUNCH hatte auch vor ihm schon Pferdezeichner. Während des Hochviktorianismus war es kaum möglich, ein Exemplar aufzuschlagen, ohne getreten zu werden. Doch die Schöpfungen zwischen den vorliegenden Buchdeckeln bringen etwas völlig Neues zuwege: sie vereinigen Portrait und Karikatur, etwas, was die meisten Zeichner nicht einmal beim Menschen versuchen würden, geschweige denn beim Pferd, das vom Temperament her schwerer faßbar und psychologisch gesehen noch rätselhafter ist. Dies bedeutet: Vielleicht könnte überhaupt kein Pferd genau so aussehen wie ein Thelwell-Pferd, aber alle Thelwell-Pferde bringen es fertig, genau wie Pferde auszusehen. Wenn dies jemand erklären oder deutlicher ausdrücken kann, sollte er dem Verleger schreiben, mir, bitteschön, nicht.

Ich schließe mit dem Hinweis, daß Thelwell nicht nur Zeichner, sondern Humorist ist; nicht um anzudeuten, daß dies jemand übersehen könnte, sondern um klarzumachen, daß das bei mir nicht der Fall ist. Für einen praktizierenden Humoristen ist es schwer, einen andern zu loben ... aber wie kommt es, daß jahrhundertelang niemand auf den Witz Seite 51 gekommen ist? Oder auf den Seite 60? Oder, was das anbelangt - - - - - ?

Jedenfalls aber gehören sie jetzt Ihnen.

J.B. Boothroyd

Engel zu Pferd

GESTIEFELT UND GESPORNT

EIN LEITFADEN ÜBER ENGLISCHE PONYARTEN

1. DAS DARTMOOR UND EXMOOR

TROTZ IHRER NEIGUNG ZUR WILDHEIT –
DIESE PONYS WERDEN ZU LIEBENSWERTEN
REITPFERDEN, WENN MAN SIE ZEITIG GENUG
AUS IHRER NATÜRLICHEN UMGEBUNG ENTFERNT.

2. DAS CONNEMARA

HEUTZUTAGE MEIST GRAU, GEHÖREN SIE ZU DEN ÄLTESTEN BEWOHNERN
DER BRITISCHEN JNSELN.

3. DAS NEW FOREST. INFOLGE DER VERKEHRSDICHTE DER GEGEND-
SOLL DIESE RECHT SCHMALBRÜSTIGE ART UNEMPFINDLICH
GEGENÜBER DEN SCHRECKEN MODERNER STRASSEN SEIN.

4. DAS WELSH
MOUNTAIN
VIELLEICHT DAS
SCHÖNSTE UNSERER
EINHEIMISCHEN PONYS;
DOCH BLEIBT ES
STRITTIG, OB DAS
"KONKAVE" PROFIL
AUS ARABISCHEM
EINFLUSS STAMMT.

13

5. DAS FELL AND DALE. URSRÜNGLICH ZUM BLEISCHLEPPEN GEBRAUCHT – IST IDEAL FÜR DIE GRÖSSERE FAMILIE.

6. DAS HOCHLAND. DAS GRÖSSTE UND STÄRKSTE UND GANZ UNVERGLEICHLICH IN SEINER BEINARBEIT.

7. DAS SHETLAND. DAS KLEINSTE UND ZÄHESTE VON ALLEN UND IDEAL, UM KINDER IN DIE PROBLEME DER REITKUNST EINZUFÜHREN.

"NA, WIE GEHT SICHS DENN MIT IHNEN?"

"DIE ZEHEN HAST DU ALSO SCHON RAUSGEBROCHEN."

DIE KLEINEN IM SATTEL
EINIGE TIPS FÜR DEN PONYKAUF

1. EIN KIND HÄLT SEIN ERSTES
   PONY FÜR EIN NEUES SPIELZEUG.

2. IHR TEMPERAMENT MUSS
   ZUEINANDER PASSEN.

3. BEIM KAUF IN EINER ÖFFENTLICHEN
   VERSTEIGERUNG IST
   ERFAHRUNG ERFORDERLICH.

4. ES IST NICHT IMMER GANZ
   LEICHT, EIN GUTES PONY
   "AUF DEN ERSTEN BLICK"
   ZU ERKENNEN.

5. DAS PFERD SOLLTE FÜR DIE KURZEN
   BEINE DES KINDES NICHT
   ZU BREIT SEIN.

6. TÄGLICHE ÜBUNG IST
   UNUMGÄNGLICH.

7. UND SORGFÄLTIGE PFLEGE IST
   FÜR DAS WOHLBEFINDEN DES PONYS UNERLÄSSLICH.

AUF JEDEN FALL IST ES FÜR DAS KIND EIN HERRLICHES GEFÜHL,
DIE FREUDE DES MENSCHEN AN DER HERRSCHAFT ÜBER DIE
NATUR KENNENZULERNEN.

VOR DEM SPRUNG HINSEHEN!
EINFÜHRUNG INS SPRINGREITEN FÜR KINDER

DIE GELEGENHEIT, VOR DEM WETTBEWERB DIE HINDERNISSE ZU
INSPIZIEREN, SOLLTE UNBEDINGT WAHRGENOMMEN WERDEN.

DAS STARTSIGNAL ERFOLGT DURCH GLOCKE, FLAGGE ODER PFEIFE.

VOR DEM SPRUNG HINSEHEN!
EINFÜHRUNG INS SPRINGREITEN FÜR KINDER

ES HEISST, EIN PFERD ODER PONY HAT "VERWEIGERT", WENN ES
VOR DEM HINDERNIS STEHEN BLEIBT...

...UND IST "GESTÜRZT", WENN SCHULTER ODER HINTERTEIL
DEN BODEN BERÜHRT HABEN.

VOR DEM SPRUNG HINSEHEN!

EINFÜHRUNG INS SPRINGREITEN FÜR KINDER

EIN WETTBEWERBSTEILNEHMER WIRD DISQUALIFIZIERT, WENN ER NACH VERWEIGERUNG DEM PFERD IRGEND EIN HINDERNIS ZEIGT....

... ODER WEGEN NICHTAUTORISIERTER HILFELEISTUNG – ERBETEN ODER NICHT.

VOR DEM SPRUNG HINSEHEN!
EINFÜHRUNG INS SPRINGREITEN FÜR KINDER

BIS ZUR VOLLENDUNG BEDARF ES ENDLOSER GEDULD.

DOCH AUF DIE, DIE SCHLIESSLICH EINEN "O-FEHLER-RITT"
ERREICHEN- WARTET MANCHE BELOHNUNG.

REITTURNIER
IN AACHEN

FRL. PAMELA SCHMIDT AUF DEM BERÜHMTEN
"ELEFANT" BETRITT DEN PARCOURS.

PROVINZTURNIER WEIDENBRUCH
AUF DER WIESE

MONI SCHULTE UND "REISSER" LAUFEN EIN.

REITTURNIER
IN AACHEN

HERRN EDELHAGENS "FEUERVOGEL" AM WASSERGRABEN.

PROVINZTURNIER WEIDENBRUCH
AUF 'DER WIESE

WILLI SCHRÖDERS "DISTELFINK" IM WASSERGRABEN.

REITTURNIER
IN AACHEN

OBERST FALKENSTEIN AUF "PRINZGEMAHL" AN
DER MAUER.

PROVINZTURNIER WEIDENBRUCH
AUF DER WIESE

"FLINK" UNTER DER VIERJÄHRIGEN PENELOPE HELLE
PACKT EIN HINDERNIS AN.

REITTURNIER
IN AACHEN

GRAF FÜRSTENAU ÜBERREICHTE DIE POKALE.

PROVINZTURNIER WEIDENBRUCH
AUF DER WIESE

" GUT GEMACHT, LOTTE ", STRAHLTE FRAU MÜLLER-
LINKE BEI DER PREISVERTEILUNG.

REITSCHULE
WEIDENBRUCH

RICHTERTISCH

"HÄTTE ICH BLOSS NIE WAS VON DEM STEIN GESAGT, DEN ER
SICH IN DEN HUF GETRETEN HAT."

"BEI FUSS"

~Und Anderswo

"WAS HAB ICH DIR EINGETRICHTERT VON WEGEN WÄNDE BEMALEN!"

59

"HABT IHR GEKLINGELT ?"

"...UND BEEIL' DICH..."

DIE SCHUTZENGEL

"KARL! HAST DU IRGEND JEMAND GEBETEN, HEUTE FRÜH BEI DIR VORBEIZUKOMMEN?"

„DIE ANSTEIGENDE MECHANISIERUNG IM LANDWIRTSCHAFTLICHEN BEREICH ERMÖGLICHT IMMER MEHR LEUTEN DEN LUXUS EINES...

...EIGENEN PFERDES."

"NUN KUCK' DIR <u>DAS</u> AN! MANGELDES
JNTERESSE – ZU UNTERWÜRFIG...'"

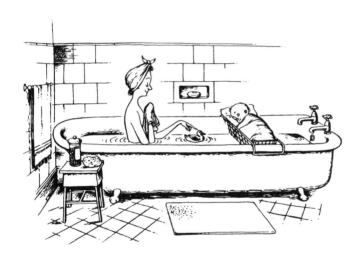

"DAS SELBE NOCH MAL, GEORG."

Mechanische Pferde

~Und Sonstige

"GANZ PRÄCHTIG"

"WECK' FRITZ, WENN DU VORBEIKOMMST-ER MACHT DIE VERKEHRSZÄHLUNG."